아도동인 시집 3

# 연연戀戀

전외숙 外

# 연연戀戀

전외숙 外

황금필

가쁜 숨 토닥이며
봄여름가을이 몰락하고 있던
그날

칠 늦은 백장미 몇 송이
여린 입술을
달싹이고 있었는데,

# 차 례


발문 · 5
아도동인 시집 초대시 · 14
이화은 · 황학주 · 김영탁


**강경보**

마리오란자를 만나는 시간 · 22
사설 배달부 · 24
파랗게 시린 아침의 질문 · 26
홍련암 길 · 27
폭설 · 28


**권영길**

딸기 · 30
비 오는 날 · 31
문제 · 32
꽃피는 시간 · 34
손의 대화 · 36

## 김관옥

문자 메세지 · 40

3분 정거장 · 41

쪽문의 고백 · 42

파랑돔 · 43

삼계탕집 풍경 · 44


## 김서안

저 여자 아침형이다 · 46

왕파리 · 48

그녀 성소聖所 · 49

장례 예식장에서 · 50

커피, 그리고… · 52

## 김영순

내 안의 그대 · 54

저물녘이면 그리워지는 것들 · 55

곤드레밥을 먹으며 · 56

강물 · 57

유명산을 타다 · 58


## 김현근

졸음, 막무가내 · 60

시계초 핀 자리 · 61

규제와 구제의 전봇대 · 62

벚꽃에게 시비걸기 · 63

개나리 따라 웃기 · 64

## 박연규

바람처럼 바보처럼 · 66

반나절이 똥땡이다 · 68

잡초들의 반란 · 70

생태학적 산책을 하며 · 71

엿장수 굿판에서 · 73


## 박일규

덕진채련探蓮 · 76

이슬 · 78

강낭콩 · 79

직소폭포 · 80

메밀꽃 필 무렵 · 81

느티나무 고목도 꽃이 핀다 · 83

## 송연우

어우러지다 · 86
바위 부처 · 87
오월, 꽃비 · 89
부석사에서 · 90
저 물억새풀 · 91


## 윤비아

분꽃 · 94
연연戀戀 · 95
토마토 · 96
불면을 클릭하다 · 97
말씀 허수아비 · 99

## 임윤식

가지산 · 102

월악산 영봉 · 103

월출산 · 104

사량도 지리산 · 105

인수봉 · 106


## 전외숙

화려한 정부 · 108

말똥 예찬 · 110

화력花力 · 112

노컷 · 113

석남사 가는 길 · 114

**최승훈**

선문답 · 118
개부랄꽃 · 119
홍작 · 122
느티나무 아들 · 123
유리가게 아가씨 · 125


**허소미**

빈집 1 · 128
문득 · 129
저 단풍 · 130
뫼똥 저 둥근 · 131
귀뚜라미 · 132

# 이깔나무*의 바깥에 들다

이 화 은

이깔나무로 바닥을 깔고
이깔나무로 벽을 세우고
이깔나무 지붕을 얹은 집에서
책을 읽고 라면을 먹고 잠을 자네
나는 이깔나무의 내면이 된 것이었는데
이깔나무의 속을 모르겠네
이깔나무의 공복에 대해
이깔나무의 쓸쓸함에 대해
이깔나무의 박장대소를 이해하지 못하네
나는 이깔나무의 바깥에 있었던 거네
제 속에
크고 따뜻한 바깥 하나를 키우고 있는 줄
깜깜 몰랐던 거네 그대여
우리가 함께 책을 읽고
라면을 먹고 잠을 자고도 잠깐씩 쓸쓸했던 까닭이
저 바깥,
우리가 틈틈이 키워 온
따뜻하고 광활한 바깥 때문이었다는 걸

* 이깔나무 : 낙엽송을 잎갈나무 또는 이깔나무라고 부름

**이화은**  경북 경산 출생
1991년 『월간문학』 등단
시와시학 젊은시인상 수상
시집 『이 시대의 이별법』 『나 없는 내 방에 전화를 건다』 『절정을 복사하다』
포엠토피아 주간
shyihe@unitel.co.kr

# 노랑꼬리 연

황 학 주

노랑꼬리 달린 연을 안고
가차로 퇴근을 한다 그것은 흘러내린 별이었던 것 같다
때론 발등 근처에 한참을 있었던 것 같다
사랑은 손을 내밀 때 고개를 수그리는 것이니까
길에 떨어진 거친 숨소리가 깜박거리는 것을 볼 수
있었던 거다
아물면서도 가고 덧나면서도 가는
그런 밤엔 가장 듣고 싶은 말이 있어야 할지
네게 물어도 될 것 같았다

도착하고 있거나 잠시 후 발차하는
기차에 같이 있고 싶었다
그런 내 퇴근은 날마다 멀고 살이 외로워
노랑꼬리 연이 필요했던 것이리라
어디에 있든 너를 지나칠 수 없는 기차로 갔던 것 같다
너의 말 한 마디에 하늘을 날 수 있는 댓살이 내 가슴
에도 생겼다
꼬리를 자르면서도 사랑은 네게 가야 했으니까
그것은 막막한 입맞춤 위를 기어오르는 별이었던 것

간다

　내 사랑이라 말할 수 있는 그런 운명은
　오래오래 기억하다 해발 가장 높은 추전역 같은 데
내려주어야 한다
　바람이 분다
　지금은 사랑하기에 안 좋은 시절
　바람 속으로
　바람이 분다
　지금은 사랑하기에 좋은 시절

　네게로 가는 별, 댓살 하나에 온몸 의지한
　노랑꼬리 연 하나 바람 위로 뜬다


**황학주** 선남 광주 출생
1987년 시집 『사람』으로 등단
시집 『내가 드디어 하나님보다』 『늦게 가는 것으로 길을 삼는다』
『너무나 얇은 생의 담요』 『루시』 『저녁의 연인들』 등

# 가문비나무* 엽신葉信

김 영 탁

구름이 전해왔네
가문비나무 떠나간다고
어디로 가는지 몰라도 영영 이별이라고
구름이 전해왔네
그간의 우리의 사랑이 너무 뜨거워
숨을 쉴 수 없다고
더 가까이 하면 서로 몸을 태울 거라고
더 같이 있으면 모두가 잿더미가 될 거라고
그러니 가문비나무 추운 북방으로 떠난다고
구름이 전해왔네
어차피 모든 게 늦었지만
내가 떠나지 않을 걸 알고
가문비나무 먼저 떠나간다네
내 입김이 너무 뜨거웠고
내 몸이 너무 뜨거웠고
너무 가까이 다가갔던가
그간 나만 너무 뜨겁게 사랑했던가

차마 난 가문비나무에게 다가가지 못하고
악어의 눈물처럼 눈물처럼

떠나지 못하고 사랑한다고 외쳐보네
그 뜨거운 미련 때문에 떠날 수 없기에
가르랑 가르랑 메아리만 돌아올 뿐이네
가뭇없이 북방으로 떠나간
가문비나무 엽신이
이제 가물어버린 내 가슴에
구름이 전해왔네
절대 찾지 말라고
소리 지르지 말라고
깨끗이 잊으라고
가물거리는 추억 속에
차갑게 남아 있을
가문비나무여!

* 고산 수종인 가문비나무는 이미 덕유산과 지리산 지역에서 성목成木이
  사라지고 있으며, 어린나무의 발생률이 적어 지구온난화가 현재 속도대로
  지속되면 40년 뒤에는 남한지역에서 완전히 사라질 위험성이 가장 큰
  수종이다.

**김영탁** 1959년 경북 예천에서 태어나 1998년 계간시지 「시안」으로 등단했
다. 시집 「새소리에 몸이 절로 먼 산보고 인사하네」가 있다. 현재 계간 시종합
문예지 「문학청춘」 주간으로 있다.

강 경 보

2006년 매일신문 신춘문예로 등단
시집 「우주물고기」
kmin66@hanmail.net

# 마리오란자를 만나는 시간

강 경 보

1.

영화 '황태자의 첫사랑' 주연을 따놓고 마리오란자는
음악을 녹음했다 세레나데 드링킹송 감미롭고 열정적
인 노래들을 다 마치고 난 후 점점 불어나는 그의 몸무
게 때문에 칼 하인리히 황태자 역할을 에드문트퍼돔에
게 넘길 수밖에 없었다 말하자면 주인공은 립싱크를 아
주 잘 한 셈인데 이 좌절은 너무 커서 그는 작심하고
가족과 함께 이탈리아로 건너갔다 오페라를 하려고 했
던 것인데 폭식과 폭음을 절제하지 못했던 그는 결국
서른 여덟의 젊은 나이에 심장마비로 생을 마감했다

2.

성악을 독학했고 트럭운전사를 하면서 음악제에 참
가하여 데뷔했단다 이런 대목을 상상하는 것만으로도
내 가슴이 다 벅차오른다 브리튼즈갓탈렌트에서 '공주
는 잠못이루고'*로 우승한 폴포츠도 휴대폰 판매원이
었다 하잖은가 뜨지 않았다면 영원히 묻혔을 평범한 삶
이 내게 위안을 주는 거다

3.

그렇다고 뜨지 않은 삶이 좋다는 것은 아니다 가령
건넌방 딸아이 방에서 '밥주세요'라고 연신 외치는 휴
대폰 아바타의 가냘픈 목소리가 끝내 주인을 깨우지 못
하고 저무는 것을 보는 일은 어쩐지 쓸쓸하다 저 무정
물에게 당신의 꿈이 당신 안에 있는 한 이루어질 거라
고 말 할 수는 없는 일이다


* 공주는 잠못이루고 : 푸치니 오페라 '투란도트' 중

# 사설 배달부

퀵!이라는 말을 좋아하나요?
좋거나 말거나 이건 아주 괜찮은 업종입니다
누군가의 기발한 아이디어였다거나
별 자본금 없이도
죽어라 일하면 될 듯 하다거나
몸으로 때우면 되는 거라고
말만 하지 않는다면 말이지요
생각하면 이것은 당신의 아주 단순한
욕망이 만든 업종이지요
세상에 나 같은 자에게 자부심을 다 주시다니요
욕망이 자비라면 자본은 선생님이라고 하고 싶어요
선생님이 칠판에 쓰시기를
상상하면 다 이루어진다, 고 했는데
선생님보다 걸출한 제자가 있었던 셈입니다
시인 여러분도 퀵!은 자주 이용하시나요
별로 쓸 일이 없을지도 모르지만
믿을 어휘 하나 건지지 못할 때
한 번 불러 주세요
휘발유 같은 당신의 성깔머리나

어두컴컴한 골방의 PC 앞에 앉아 담배에 쩔은
꼬라지 같은 내용물이야 상관 안 합니다
당신은 당신을 못 믿어도 살아가지만
끝내 이 퀵!을 못 믿는다면
살아가는 어느 하루 쯤
세상 뒤집어지는 날이 있을 겁니다

# 파랗게 시린 아침의 질문

참 많은 말들이 버려졌다는 것을
매일 아침 거울 보듯 알 수는 없는 것일까

어제 술취한 영혼이
오늘 흐리고 풀린 눈동자를 퇴근할 수 없어
댓바람부터 젊은 주인에게 애걸중이다

몸이시여 제발 똑바로 걸어주소서

원래는 그대의 허락 없이 남의 집 담벼락 아래
가벼운 농담을 토설한 마음이 더 문제이겠으나

없는 기억을 끌고 다닌
그대는 언제부터 거기 있었답니까

도대체 다 보신 겁니까?

파랗게 시린 아침의 질문

# 홍련암 길


낙산사 불타고 뼈 마른 바다가 퉤퉤

하얀 침을 내뱉으며 달려오는 저녁

아니 하얀 잠옷 치마 펄럭이며 달려드는 여자

참 옆으로 긴 교성을 다 지녔구나

소리가 점점 밤의 형식을 완성하고

형식을 깨뜨리는 시계바늘이 되어 걷는

나,

천 년을 새긴 불의 경전을 어제 보았는데

딜 아래 저 깁나는 물의 여자를 읽는 일

앞으로 다시 천 년은 걸리겠다

# 폭설

눈, 내리는 눈

내리면서 사선을 치는 눈

내리면서 사선을 치다가 홀랑 뒤집히는 눈

바람이 잠시 농을 거는가 싶었는데

쫓겨 달아나는 눈의 절박함이

내 귀싸대기를 맵차게 후려친다

고개 들어 보니 아뿔싸!

이건 무슨 하나님의 사생아들이 틀림없으리

저 작고 순진무구한 것들과 살아갈 몇 날이

아주 잠깐 걱정되는 것을 보면

폭설

권영길

경북 봉화 출생
『한맥문학』으로 등단
충북인터넷고등학교 교사
freshidea@hanmail.net

# 딸기

권 영 길

오뉴월 땡볕이 너무 뜨거워서
저렇게 복날의 개처럼 혀를 내밀고 있는 것이다
아니면 세상에 달콤한 것들은 죄다 따먹었거나
이리저리 감언이설에 이끌리다가 저렇게
혓바늘이 돋았을 것이다
그것도 아니라면,
무슨 낯부끄러운 짓을 하다가 들켜버렸나
저렇게 얼굴 붉히는 것을 보면,
메롱! 하는 딸기에게 우린 여태 속아온 것일까
아니면 잠시 속아주는 척하는 것일까
그가 말을 못하도록 혀를 베어 먹으며
우리는 달콤한 입맞춤을 한다

# 비 오는 날

저 수천 수만의 바늘,
땅 속 가장 캄캄한 추억이나
아픈 살, 뼈마디 마디까지 다
더듬어 만져 보며 침을 놓아주던 기억이
한꺼번에 되살아난 것일까
앞서거니 뒤서거니 다투면서도
호수, 그 싱싱한 숨결 속
감추어진 상처를 잘도 찾아낸다
새들의 가벼운 날개짓에도 놀라
마구 흔들리던 가슴 속에서도
모조리 중심을 찾아 꿰뚫는다
뒤늦게 둥글게 둥글게
흩어진 것들 모두 아우르는
저 파문
내 사랑에도 과녁이 있다면
그 중심은 어디쯤 있는가
그대의 동심원이 보고 싶다

# 문제

○ 아니면 ×
나도 처음엔 그런 문제였던가
아들인지 딸인지 물음에
산부인과 의사의 아리송한 힌트로
궁금증만 시한폭탄처럼 부풀어 올랐던 것
맞아도 좋고 틀려도 좋은 연습문제처럼
어머니에게 나는
아들이었다가 때론 딸이었다가
마침내 그 질문을 해답처럼 빠져 나오던 날
한순간 내 삶은 명명백백해 보였지만
학교에 들어가고 나서
세상은 다시 의문투성이가 되어갔다
아침에 일어나 다시 잠자리에 들 때까지
문제점투성이의 문제들까지 풀어가면서
또 얼마나 많은 오답들을 늘어 놓았던가
서점에 가보면 아예 집을 이루고 사는 그 문제들을
몇 채씩 뽑아다 풀고 또 풀어도
자꾸만 눈꺼풀에 감기며 적의를 품던
그 문제의 시간들,

쓰러진 사건들까지 다시 일으켜
전전긍긍하던 문제아,
어디 있느냐고 누가 내게 하느님처럼 물으면
지금도 기로에 서 있다고 답할 수밖에 없으리라
온통 벽같이 보이는 그 땅에 기둥을 세운다
아무도 발들여 놓은 적 없는 허공에 못을 박는다
가지를 뻗던 감나무처럼
낙엽 지는 날 열매마저 다 떨구어도
까마귀밥 몇 개쯤은 하늘에 제출해 보리라
시험 보는 날
해독하기 어려운 지도 한 장 들고 나는,
낯선 오지에 들어선다

# 꽃피는 시간


내가 놓쳐버린 시간일까
누가 쓰다 버린 시간일까
일반계 고등학생들을 위해 찾아낸 0교시,
숨어있던 1인치를 찾아냈다는 명품 TV광고에서
골키퍼가 화면 밖으로 달아나려고 하는 공을 향해
1인치 더 긴 팔을 아주 천천히 뻗는 걸 본 적이 있다
이런 땐 시간이 면발처럼 쫄깃하다
나는 날마다 시간을 끌어당긴다
여덟시에는 아홉시를 아홉시엔 열시를,
오지 않을 까봐 목 놓아 기다리고
달아날 까봐 착하게 기다려준다
먼저와 기다려 주던 시간이 조롱하듯 어느날은
아주 천천히 오기도 했다
어쩔 수 없다는 듯, 소용없다는 듯
아홉시는 아홉시에 오고 열시는 열시에 왔다
할 일 없이 시간을 탕진한 날은
잃어버린 나를 찾아오느라
시간이 나보다 더 힘들어 했다
좋은 자리를 서로 차지하려고

계절이 밀고 당기는 힘들이 모여
해마다 어김없이 먼저 찾아오는 눈밝은 봄,

## 손의 대화

리듬에 맞추어 음정에 맞추어
가＼위 바／위 보
놀이터 아이들이
손들을 응원하는 소리가 분주하다
빨래 짜듯 손을 비틀어 궁리를 쥐어 짜는 아이
승부수는 손만이 알고 있다는 듯
쉽사리 알려주지 않는 손
주먹이라면 자신 있다던 아이도
이 때만은 손을 펴고
자신 없어 주눅들던 아이도
이 때만은 주먹을 꼭 쥐었다
어떤 녀석은 가위를 들고 싸움을 자르러 왔다
그런데 왜
바위-가위-보도 아니고
보-가위-바위도 아니고
하필 가위-바위-보 만 되는 거예요?
애들아,
가위 바위 보 다같이 다 또 같지만
세상에 힘의 질서가 있듯

사랑에도 차례가 있듯
다시 한 번… 자… 순서대로
가위→바위→보

김관옥

전남 곡성 옥과 출생
『문예시대』로 등단
한국시인협회 회원
시집 『변명』
kkok88@naver.com

# 문자 메세지

김 관 옥

집에서 곰팡이 사냥하던
아내가 4박5일 동해안 여행
떠나고, 하루
무심하던 얼굴이 보이지 않자
궁금증이 발동하여
손 전화기 두들겨
처음 사용해본 사랑포탄
일격에 함몰된 그녀
젖은 나를 말리느라
모처럼의 하루를 잡고 허둥허둥

묵호항 밤바다 따라
출렁이는 마음이
왜 이리도 향기롭냐고
동해바다에게 물어 보았다는 여자

# 3분 정거장

다산한 주모 엉덩이쯤
되어 보이는 공간에서
어깨와 어깨를 마주 걸은 꾼들
상처 입은 하루를 이끌고
충장로 뒷골목
선술집으로 모여든다

바람 불어도 좋은 날

고추가루를 붉게 치장하고
통무에 올라앉은
파랑치는 시간을 건너온
멸치 한 마리
허리를 곱게 접고
깊은 명상중인!
살아 있는 명화도
만날 수 있는 이곳

# 쪽문의 고백

골목길을 지나다 거미줄에 포장된
쪽문과 마주치는 날이면
고향집 사랑채가 생각난다
옛날 목수들은 야음 출입을
감시하기 위한 수단으로
스스로 울게 세웠다는 쪽문
어둠이 깔리고
그믐달이 앞집 가죽나무 가지에
낮게 걸리는 밤이면
탈출을 꿈꾸는 바짓가랑이
돌쩌귀가 괴성을 지르기 전에
바지춤을 열어 찔끔
지린 물방울 몇 조각으로
쪽문의 입을 틀어막았던
내 비행의 유년

# 파랑돔

새만금 방조제에 작은 물혹처럼
매달려있는 비응도 포구
그 주머니 속에 정박 중인 어선이
파도의 장단에 어깨춤을 추고
어시장 건너편
바닷물에 다리를 적시고 있는
파랑돔 횟집
접시 위에 방금 교수형이 집행된
도미 머리통이
튀김기름을 뒤집어쓰고
원망하듯.
어안魚眼과 마주치는 순간
어안이 벙 벙
젓가락 든 손을 멈추고
하릴없이 소주잔을 비운다

취한 듯
침통한 듯 저녁 바다가
서쪽으로 가라앉는다

# 삼계탕집 풍경

닭 벼슬처럼 입술이 붉은
여자 셋을 거느린 젊은 숫컷
뜨거운 뚝배기 안에
영계를 눕혀 놓고 뜸을 들인다
어느 암탉을 먼저 먹을까
후라이펜 위 계란처럼
중천에 해는 지글거리는데
저 남자 목구멍에서 금방
꼬끼요, 소리라도 터져 나올 듯
중복날 누구는 복福도 많은데

김 서 안

본명 김정숙

경남문인협회 회원

참글문인협회 회원

시집 『개옻나무의 변』 『산초나무열매의 고백』

kjs-35@hanmail.net

# 저 여자 아침형이다

김 서 안

아직은 이른 아침
하이힐 발목이 화면 속에 순이를 닮았다
바람도 앞서거니 뒤서거니
어깨에 매달린 줄무늬 가방도 안절부절

아침상을 치우고
번개같이 그린 아침 화장은 분명 누군가의 엄마인 듯
플라타너스 가로수에 매달린 찬 공기며
질주하는 버스들도 붕―붕 부추겨 준다
그래 그래
한 치의 늦음도 허용치 않던
나를 깨우시던 어머니의 자명종 소리를 가슴에 품었
는지
똑똑 구두소리에서 종소리가 쏟아지는 저 여자
그대 몸에서 등 푸른 바다가 보인다
풍덩 뛰어 들고 싶은 내 몫에 대하여
매양 허공을 휘저어도
어느 바다 기슭에 등불처럼 걸려 있는 절정을 향하고
있기 때문

오늘아침 회사 기록부에는
깨알 같은 노란 햇살이 섬섬 바다를 향하여 피어 있
을지도

# 왕파리

창문 철사망에
불안전한 자세의
파리한 저 구도자
면벽 몇 백 년 만에 돌아온 것인가

또 다른 생에 이르기 위하여
손발이 모자라지라
뜨거운 저 염원

천수 천만인들 깊다하리
절정의 대궁을 꺾어 면류관을 지으면

작은 듯 큰 눈망울에
새파란 하늘 한 잎 내려와 머물러 있고

# 그녀 성소聖所

다만 공기의 내력이 내통하는 곳
엄니의 간절한 소망이 담겨진 곳이기도 한
이곳 다용도실은 그녀의 성소

삼류 멜로물이거나 위대한 서사의 깊은 골짜기에서도
담을 기어 올라가는 줄 장미 붉게붉게 피었다
사랑했던 자리마다 가시가 돋아나
뽑아도 뽑아내어도
남아 있는 절망을 질책하기에 좋은 방

그렁그렁 그녀의 목소리를 벗는 대로 다 껴입고
등을 다독여 주는 방
조금은 가뿐해진 등줄기에서 "초롱"소리가 난다

속담에 소에게 한 말은 세지 않아도
엄니께 한 말은 센다는데
소보다 너 질긴 이 방의 입
그녀를 이끌고 순한 짐승이 되어주는
하루의 등에 두 손을 합장한다

# 장례 예식장에서

국화꽃 진열된
정갈한 과일을 앞에 놓고
그는 웃고 있습니다

지상 가득히 썰물이 멀어져가고
암탉이 알을 품 듯
그 일생의 쓸쓸한 한 소절이 부표처럼 떠있는

꽃처럼 붉은 울음을 토하는
저 딸아이 못 견디게 흔들리는 몸짓에
이단 삼단 꽃그늘이 바람 없이도 흔들립니다

문득 액자 속에 주인공이 된 내가
두터운 안경 속에 흐릿하게 보입니다
내 생에 상 한 번도 받은 적도
꽃 속에 쌓여
꽃처럼 붉어 본 적도 없어
한 없이 오래 오래 죽고 싶은 날

모든 끝에 시작의 이음마디가  있다는
그대 새로운 출발 앞
.떠나는 낯 선 길에 등불을 당겨야겠습니다

# 커피, 그리고…
— 먼저 가버린 친구


알갱이가 토해놓은 뜨거운 비명이
문득 메아리로 솟구친다

한 고개 넘으면 또한 등성이
달고 씁쓰레한 맛이 꼭 인생의 맛이라던 너는
끝내 상심한 햇빛을 벗어버리고
모두를 떠나
은하의 천계로 가버린
너는 머그잔 속에 빙빙−둥근 결로 남은
향긋한 커피 한 잔

산소 호흡기처럼 가볍게 뽑혀버린
무심히 정지 된 너의 풍경이
아직도 벽에 걸린 정물화 같은데
제가 일으킨 소용돌이에 휘말린
무게도 없는 무개의 액체가 지금은
죄다 헐벗은 겨울나무 이야기
종양 같은 기억 하나가
언제까지 멈추지 않을 듯
빙빙− 떠나지 못하는

김영순

강원 횡성 출생
2003년 『시와시학』으로 등단
한국시인협회 회원
todam604@hanmail.net

# 내 안의 그대

김 영 순

장독대
항아리 밑
겨울 흙
햇살 한 자락 훔쳐
꿈을 피워 올린다
두세두세*
민들레 여린 잎새
다냥한**
봄날

* 두세두세 : '두런두런'과 비슷한 말로 여럿이 모여 작게 이야기를 주고
  받는 소리
** 다냥한 : 햇볕이 잘 들어 밝고 따뜻한 모습

# 저물녘이면 그리워지는 것들

'애들아 밥 먹어라'

쏜살같이 달려오던 소리

엄마 치맛자락 따라 펄럭이던 밥 냄새

굴뚝 연기 쫓아가다 보면 어느새 별 나라

뚜벅뚜벅 어둠의 발자국 소리 덮고

산길 들길 따라 하루를 접는 수많은 소리 소리들

윙윙대던 꿀벌, 꿀 같은 시간들 사라져버린 저물녘

호박꽃잎 허공을 말아 쥐는 소리만

# 곤드레밥을 먹으며

곰취도 아니고 참취도 아닌것이
사내의 나물바구니에선 몸을 사리던
솜털 보송보송 잎은 까실까실
가시나물이라고도 불리는 고것이
혀에 닿으면 부드럽기로는 참나물 이상이렸다

사춘기 계집애 같은 나물, 곤드레나물밥
깊은 산속이나 세상숲에서
눈깜짝할 사이 세어버려 저 뒷전으로 밀려나는
그 나물
또 다른 봄이 목에 걸려 안 넘어간다

산나물 뜯고 내려오는 길
막걸리 한 잔 들이키면
나물들이 먼저 곤드레만드레 취하고
골짝물이 흥얼거리던 소리들이
곤드레밥 속에서 들린다
계절보다 앞서 따가와진 햇살도 깊이 잠든
이 봄밤에

# 강물

물은 깊을수록 고요하다지만

강물이 자주 소리 내어 흐르는 건

돌을 안고 재우는 물의 노래,

깊고도 고요한

자장가

# 유명산을 타다


감투바위 곰 발자국은 보지 못했지만
곰 같은 산의 울음을 들었다

늦가을 유명산
이름만큼이나 감당할 수 없었던 그 무엇이 있었을까
과속하던 바람의 바퀴자국이 나무마다 골마다 깊게
패여있었다
검붉은 낙엽 위로 눈은 이별처럼 쌓이고

선어치고개, 그 고개에 앉아 보니
눈은 내리는 것이 아니라
산이 뜨거워 데인 제 몸 구석구석을 식히려 끌어다
덮는 것이었다

정상도 못 오르고 미끄러지듯 내려오는 길
물은 골짝을 감싸 안으며 흐르고
붕대를 감은 산허리엔 보슬비가 살포시 내리고 있었다

김 현 근

경남 남해 출신
2004년 『한국문인』으로 등단
한국문인추천작가회원
남해문학회원
남해군청 재직
hkkim7032@korea.kr

# 졸음, 막무가내

김 현 근

나는 최악의 타이밍에 늘 점포 문을 닫곤 한다 셔터 내리면 그날 영업 끝이라는 목사님 설교 말씀 귀에 쟁 쟁한데 나는 왜 목이 좋은 성가대에 진열되어 있으면서 도 셔터 자주 내리는 버릇을 고치지 못할까 철컥! 잘 자라는 인사말도 못하는 눈썹 밑 셔터, 그래도 예배시 간만은 알아 삐걱하는 숨소리조차 없다 그러나 보라, 읍교회 목사님은 사정이 없다 가벼운 헛기침만으로도 박집사 육중한 몸 셔터를 가볍게 들어 올리신다 팔순줄 에 든 장로 권사 침몰하는 구멍가게 폐업도 인정 안 하 시는 칼목사님 때문에 나는 오늘도 안식일을 제대로 쉬 지도 못하고 영업 끝, 영업 재개를 반복하고 있다

# 시계초 핀 자리

카네이션 한 송이 헐값에 샀다
어버이 날 가도록
다 지나가도록 시들지도 못한

꽃을 달 사람이 영 가슴을 보여주지 않아
기운이 없는지 꽃은 금방 고개를 떨군다

고개 수그린 꽃 옆에서
나도 시들어
내 가슴에 재깍재깍 시계초 한 송이 피었다
진다
딱 한 번 뿐인데

꽃 핀 자리 그리움의 씨알이 굵어진다

# 규제와 구제의 전봇대

높으신 분
말 한마디에
대불공단 전봇대가 뽑혔다

그 전봇대 지금쯤 어디에 누워 있을까
본래 서있는 것이 자신의 의무 아니던가
다시 일어설 궁리를 하고 있을까
만약
다시 일어선다면
우주의 어느 행성 전략지역일까
그곳에도 대사 특보
정부산하기관이 있을까

이런 실용적이지 못한 내 생각들
하필,
최초의 우주인이 탄생한 날
규제, 구제의 전봇대에 묶여 있다

# 벚꽃에게 시비걸기
— 남해취재기

벚꽃구경 가자고 조르던 아내와
안 가겠다고 다투던 나는 싸움싸움 주말 꽃구경에 나
섰다
만개한 아내의 얼굴이 특종기사 같다

그러나 고백컨대, 나는 봄꽃을 보면 꽃시절보다 먼저
왔던 내 생의 겨울이 더 생각난다 저 벚나무들도 나처
럼 엄동 설한 북풍에 맞서 어지간히 싸웠나보다 결국
이 화창한 봄날, 절대로 싸움에 끌어들여서는 안 된다
는 피붙이까지 기어이 끌어들여 대로에 줄서기 해놓은
것을 보면 우리집 하고 똑 같다 역시 아이들을 동참시
킨 말꼬리가 화근이었을까 미조에서 노량까지 벚나무
가족 얼굴이 불덩이처럼 모두 확! 달아있다

차들이 빵!빵! 소리질러도 링 안에서 하는 싸움이라
다행이라 여긴다

# 개나리 따라 웃기

잎보다 먼저 웃는 꽃
개나리
내 마음의 노른자를 툭 툭 치는
봄날
나는 그대에게 묻는다
평생 한자리에 구들장처럼 눌러 있는 것이
뭐가 좋다고
하하하 웃으면서 피냐고

씨를 맺지 못할 줄 뻔히 알면서도
먼저 씨익 웃고 수작을 거는
그대 따라 걷는 출근길
일단 입언덕이 비뚤어질 정도로 나도 웃어본다

하하하 웃을 일이 많지 않은 한세상
봄보다 먼저 웃어두는 것도 나쁘지 않겠다는 생각이
들어서다

박 연 규

2005년 『문예시대』로 등단
한국시인협회 회원
전주시 문인협회 회원
기토릭전북문우회 회원
시화집 『아름다운 길』
psj-lsj@hanmail.net

# 바람처럼 바보처럼

박 연 규

살다보니 바람이
가슴에 못질 하는 날 있더군
너무 아파 그만
세상만사 몽땅
던져버리고 싶었어

그러나 차마 던지지 못했어
태풍 속에서도
꽃 피고 열매 달리고
소낙비의 매질 속에서도 새들은
알을 품고 있는 것을 보았거든

차라리 맨 몸
민들레 홀씨처럼 그냥 바람에 실려
바람소리 들으며
바람의 향기를 먹고 살다가
가벼이 누워 잠드는

그렇게 바보처럼 그냥 저냥

살았으면 좋겠다는 생각을 했어
들녘의 누렁 벼가 고개 숙여
바람에 흔들리는 지금

# 반나절이 똥땡이다

한 여름 뜨거운 햇살 속에
비지땀으로 온 몸을
씻다가 훔치다가
에 헤라! 구멍가게 앞 느티나무 그늘에 앉아
냉막걸리나 퍼부어보자

남자의 오장육보에서는
꼬르륵 꼬르륵 얼큰한 바람이 일고
비틀 비틀 지친 분노는
살 속 뼛속을 돌고 도는데
덧씌운 금이빨 사이사이
허허! 헛바람만 새어 나온다나요

그래, '반나절 땡이다'

갈지자로 누어 드렁드렁 코를 골았던가
짓궂은 뙤약볕이
나뭇잎 새로 달려와 눈을
콕콕 쑤셔대는데

가지에 걸쳐 앉아 졸고 있던 참새규
너나 내나 똑 같은 놈이라고
물똥을 찍찍 갈겨댄다나요

'이놈의 세상 똥땡이나 돼버려라'

뉘엿뉘엿 허리 굽은 늙은 해가
서산마루 힘겹게 떨어지더래요

# 잡초들의 반란

한 여름 보도블록 틈새로
주렁주렁 제 새끼 무겁게 매달고 있다
괭이밥 바랭이 강아지풀, 풀, 풀들

흙먼지 흠뻑 뒤집어 쓴 채
꽁꽁 한 여름 폭염을 뿌리로 동여매고
기어코 끝을 볼 작정이다

오토바이 바퀴에 열매꼭지 문질러지고
구둣발에 동강나고 자동차
매연에 콧구멍을 틀어막고서도 끝까지

새끼들 업고 지고
힘줘 보도블록 밀쳐내고 있는
저 연약한 깡다구들
세상의 부모들이 노랗게 멍들어가고 있는

# 생태학적 산책을 하며

무심코 밟으며 지나쳤던 낙엽 푸르렀던 한 시절 빛과
물과 이산화탄소로 포도당 만들어 제 몸 불리고 꽃 피
우고 씨앗 맺고 동물들 부양하고 낙엽으로 땅에 내려
또 미생들 부양하며 부서지고 망가져 새 생명의 밑거름
으로 다시 살아나는 이 생태적 순환 원리를 누가 모른
다 하겠는가 세상에 태어난 자 개구리밥도 물푸레나무
도 너도밤나무도 실지렁이도 굼벵이도 사자도 독수리
도 너도 나도 함께 고리지어 가는 이 단순한 원리를

문명의 손톱에서 나온 찌든 땟물이 우주를 먹칠하고
빙하가 녹아 땅, 땅, 땅이 수중 침몰한다 해도 썩어 뭉
그러지거나 끊어지는 일 없을 오묘한 생명 순환의 길
누가 있어 끊고 막을 수 있단 말인가

길 가 독 묻은 콩잎 갉아 먹고 푸른 물 토하며 무릎
꿇는 메뚜기, 등 굽어 눈을 감고 더듬더듬 헤엄치며 떠
오르는 물고기들, 뻘밭을 붙들고 퍼덕이며 울어 울어
목 쉰 새들, 환경적 자가 중독증에 걸려 심장박동이 멈
춰버린 인간들의 아픔 모두가 푸른 잎의 손길로 다듬어

진 생명의 끈을 붙잡고 한 지붕 아래 같은 땅을 밟고
같은 물을 마시고 같은 숨을 쉬며 살다 당한 이 억울함
을 누구에게 호소해야 할까

　가볍게 세월을 이고 가는 낙엽 한 생을 밟으며 세포
속 깊숙이 주파수를 던져본다 어느 누가 거짓을 외어
아픔의 씨앗을 우리 안에 살포하는가

# 엿장수 굿판에서

　요천장터 엿장수 굿판 벌어지던 날, 자주새 립스틱 짙게 바르고 콧등에 골무 끼우고 가슴에 조롱박 달고 금박이치마폭 훌러덩 걷어붙인 여장의 남자, 북 치고 장구 치고 노랫가락 늘어진다.　바짓가랑이 걷어붙인 남장의 여자, 엿 바구니 둘러메고 구경꾼들 사이사이 비집고 다니며 '호박엿 강냉이엿 고구마엿 몽땅 한바가지 삼천 냥이여' 외쳐대는데 농주 한잔 거나하게 걸친 구릿빛 용안에 밀짚모자 둘러 쓴 할배 한 분, 엿 한 봉다리 허리춤에 매달고 한 동강이 입안에 쑥 집어넣고 눈치코치 아랑곳없이 은근슬쩍 무대 속 끼어들어 한바탕 혼을 빼시더니 엿가락 늘어지듯 흐늘흐늘 갈지자걸음으로 굿판을 빠져나오시다 '짜가 짜가! 계집이면 어떠리 사낸들 어떠리 삿대질에 멱살 잡고 종아리 걷어차다 뒷북치고 '짜식 짜식' 만만세 불러대는 번쩍번쩍 금뺏지굿판 보담은야 짜릿짜릿 엿장수 굿판이 좋응기여, 참 좋은 거! 달짝지근한 거 이렁거이 사람 사는 맛이제' 힘들어도 덩기덕 덩기덕 으스러져도 쿵더쿵 쿵더쿵 허리춤 엿봉다리도 얼시구 절시구 곤드레만드레라 불그뎅뎅 해님도 서산마루 걸터앉아 빙그레 웃으신다

박 일 규

전북 부안 출생
동진초등학교
부안중학교
버팀목문학회 회원
2006년 『시와시학』으로 등단
xhddlftkdtod@hanmail.net

# 덕진채련探蓮

박 일 규

불국토를 촉촉하게 적시는
대자대비大慈大悲가 얼마큼인가를 알고 싶거든
연밭에 가서 물어보라
시방세계十方世界 그윽이 젖어드는 비를
연잎들이 일어서서 되질하고 있다
손 모아 받은 빗물이 무거워지면
곡진하게 허리 굽혀 비워내고 있다
태초가 열리고
첫 빗방울부터 아마 그랬으리니
수다한 생명들 길러온
바다가 몇 됫박인지 알고 있으리라
연잎은
연못물을 무심히 강으로 흘려보내면서
물어도 아무 말하지 않을 것인데
취향정 피리소리는 물안개로 피어오르고
비에 씻긴 햇살 아래,
젖은 꽃대 꺾어 든 그대 손끝에서
제행무상諸行無常도 느꺼웁다 웃음 짓는
저 꽃!

이것이 바로 그 대답이리라


* 덕진채련 : 전주 덕진연못에서 연꽃 한 송이를 꺾어 들고 있는 모습을
  말하며 예로부터 전주 팔경의 하나로 일컬어왔다

# 이슬

먼 별빛과

먼 강의 물결이

밤새 공모하여 맺은

정을

바람이

풀잎 끝에 매달아 놓고

그 무게를

달아 보고 있다

# 강낭콩

딸그락 딸그락
봄비에 씻긴 그릇 부딪는 소리가 나네요
여보! 여보! 주방에서 달려 나오는
아내의 목소리에도 봄이 호들갑스럽네요
긴 겨울동안엔
며칠이 되어도 고루 불지 않더니
어제 저녁 늦게야 물에 담가 둔 콩이
하룻밤 새 다 불었다고!
새봄!
새봄이라서 그렇다나요!
아, 강낭콩 밥을 먹으면
뱃속에서 노오란 싹이 돋겠지요!
눈에선 푸르디푸른 강낭콩꽃이 피어나고
콧노래도 흥얼흥얼 장단을 맞추겠지요!
창밖에는 밤새도록 내린 실비에
마당귀 스치로폴 상자에 담긴 흙도
시퍼린 생기를 얻이 니를 노려보고 있는데
아, 시절을 알아차리고서
싹트려고 몸 부풀린 강낭콩을
밥에 두어 먹긴 먹어야 하나요!

# 직소폭포

실상용추*에 일렁이는 새 소리와
피는 꽃잎
지는 꽃잎 다 받아 안고 궁굴리는
너의 가슴은

꿈꾸는 옥빛 하늘 속
뭉게구름 그늘에서 젖고 있는 낙엽들마다
돋아나는 새잎마다 울울한 슬픔으로
뒤척이며 곤두박질친다

패이고 패인 네 만년의 상처가 향기로운
이승의 언덕에서
도도히 부서지는 물보라와 더불어
나는 한 판 판소리로 무너져도 좋으리!

그러나, 죽어
피안으로 발길을 옮기기엔
이 승경에 당도한 계절이 또 너무도 고와라
득음의 바다 또한 구만리 멀기만 하고

* 직소폭포 아래 소의 이름

# 메밀꽃 필 무렵

물총새 서로 부리 부비다가
짝을 짓는다
물레방아도 삭아 스러진 지 오랜 냇가
짐승 같은 달의 숨소리조차 잦아드는 밭둑에서
꽃 대궁 붉은 속삭임 없는 만남에도
맵고 짠 눈물의 강은 흐를런지

성서방네 처녀의 그리움도
아프도록 흐뭇한 기다림의 날들도
아둑시니 허생원 눈에 든
동이 왼손잽이도
'노레보' '다이안느'의 독기에 싸여
착상할 수 없으리라

무참한 큐렛 앞에서
운명보다 세찬 흡인기 앞에서
허무하게 나리 벌리는
오늘날의 쓸쓸한 자궁 안에선
아기의 머루 눈이 태어날 수 없으리라

소금을 뿌린 듯한 메밀꽃 피던 자리
그 둔덕마다 검은 모텔의 가지마다
네온꽃만 피고진다
사랑은 죽고 회임을 거부하는

헛 방아질만 횡행하는 시대에!


* 부분적으로 이효석을 인용했음

# 느티나무 고목도 꽃이 핀다

아직은 여초록 느티나무가 도전장을 낸다
초등 2학년 늦둥이가
"아빠, 팔씨름 한번 해요"
고목의 가슴 저 켠
뒤울에 복사꽃이 흐드러지게 피어오른다

나를 감히 기진케 하는 어린 아들놈
짐짓,
힘이 달리는 척 기우는 팔에
놈의 앙증맞은 오른손의 완력이 더해진다

내게도 숱한 뭇 미물들 품어 살리던
아름다운 한 때가 있었단다
아무렴 너는 부디 이 못난 애비보다
네 품에 백 배 천 배
더 많은 생명들 쉬어가게 하거라

내일을 향해 뻗치는 새 순의 기운에
제가 차지하고 있던 허공을 내어주려

‘쩌엉!’ 또 하나 늙은 가지가 떨어진다 그래
너의 귀여움 아롱지듯
나의 저승에도 그늘이 깊어 시원하겠구나

송 연 우

본명 송미혜

경남 진해 출생

『한맥문학』으로 등단

한국문인협회 회원

동원문학회원

시집 『비단향나무와 새와 시』『여뀌의 나들이』

hea2014@hanmail.net

# 어우러지다

송 연 우

고른 한낮
나무 밑에서 잡초를 뽑는데
훨훨 새가 날아 나무 품에 든다
잎새가 반짝반짝 반기니
끼리끼리 한올지다
나뭇가지에서 나무 밑으로
재잘재잘 안부 묻는 소리
뿌리를 안은 흙이 고마운지
주둥이로 콕콕 쪼다가
막청 소리를 낸다
한편의 동화극을 보듯 옴짝달싹 않고
그들을 보고 있다 듣고 있다
나무는 귀를 열고 한들한들 나비춤을 춘다
언제나 영혼을 얼굴꽃 피우게 하는 나무와 새여
너희들이
세상 시름 한 삽씩 들어낸다

# 바위 부처

지리산 서암정사 어귀
바위 속 사천왕이 눈을 부라리며 나를 훑어본다
산은 울긋불긋 바쁘게 옷을 갈아입는데
부처님은 단벌이시다

전란 때 빨치산의 꽃무덤인
이곳, 젊은 석공은 목욕재계하고
십여 년 동안 햇살 한오라기 만져보지 못한 동굴에서
망치와 정으로 뼈를 깍은 참수행
쨍쨍한 망치소리도 목탁소리로 젖어들고
피멍 든 손길이 연꽃잎 피워냈던가
여덟 보살 십대제자 십장생이 어울린 극락세계 햇무
리 돋아
비로자나불 선재동자
우러러 보며 수얼거리는 마음을 껴안고 또 껴안는다

어머니가 형제가 이웃들이
지문이 닳도록 빌고 빈 기도가
하루같이 산굽이를 메운 탓일까

묵묵하게 거센 세월 맞부딪친 그 흔적마다
영원을 내비치는 푸르른 기운 일어
오가는 이들 마음을 가둬 맑게 행구어 준다

# 오월, 꽃비


아카시의 겨드랑이 비비며
들어가 본 꽃마음 속
시달리고 찢긴 가지에
시린 세월이 가시로 돋아있네

잎새 비집고 내려앉은
봄 햇살
그리움의 송아리로
오소소 날아 앉은 하얀 나비떼

꽃비되어 하얗게 내리는 이 한 순간
마디마디 부셔져 내리는
가슴 속 사슬 끊으면서
어두운 영혼의 한 생을 환하게 밝혀주네

# 부석사에서

이 가을
선묘아씨의 넋이 깔린 비탈 길
천천히 은행잎 밟으며 생각하네

당신이 겪은 슬픈 이별
끝내 병이 되어 계절을 앓고 있는지
일주문 천왕문 지나
단청 없는 무량수전
천 년 깊은 뿌리의 세월이 무겁기만 하네

묻힌 듯 열린 말씀 받들고 있는 배흘림 기둥
발뒷굽을 들고 고요를 비켜가네
단풍처럼 타는 기원
아미타불 빛에 취하고

안개구름 위에 누운 겹겹의 산 능선
품어 안은 가람의 자리
떠나야 할 허허로움  견디기 위해
오늘 그대에게 기대고 싶네

# 저 물억새풀

밀고 당기는 물결을 지키 듯
주남저수지 언덕에
물억새풀 진을 치고 있다

고요히 진진초록 속
산드라니 사로잡는 긴 잎새
그 발밑 물의 자궁 속에
물버들 참붕어 잉어 피라미 송사리 가물치 고동 품어
안고 있는데
산란의 방해자 소음이며 백 날 가뭄 단숨에 베어내겠
다고
으름장 치며 서서
풀잎 칼날을 시퍼렇게 뽑아든다

물억새풀 그늘을 두텁게 드리우고
바람살 복더위도 조금도 내색 않는다

윤 비 아

경기 화성 출생
2008년 『시선』으로 등단
하고픈 글벗 문학회 회원
silmic@hanmail.net

# 분꽃

윤 비 아

어느 정精 많은 여자의 웃음인가

못다 준 사랑 남아 있어

육신은 흙 되어 뿌리를 살찌우고

영영 시들지 않고 향기롭게 내게 오시는가

뜬구름 잡는 딸에게 꼭 다문 입 여시며

저녁쌀 씻으라고,

허공에 매달린 어깨 토닥이시는가

뜬눈으로 영그는 내 어머니

가슴속 빗길로 자박자박 걸어와

까만 젖꼭지 땅에 물리시는 이유

연연 戀戀戀戀

달거리 빨래 토닥토닥 말리시는
어머니 옆에서 이유없이 발끈 토라지던
먹머루빛 눈망울

뒷뜰 배롱나무 영문도 모른체
톡톡 붉은 꽃 피워대고
그 꽃나무 힐긋힐긋 쳐다보며 몇번인가
얼굴 붉힌 일밖에 없는데

그때 그 배롱나무
꽃자리 지우고
바람은 더이상 머물지 않는다

# 토마토

잘 익은 토마토 몇 개 덥석 입으로 끌어다 넣는다

누구슈 아버지 딸이지유 어디서 왔수 조암이유 얼마
나 사셨수 20년이유 어이구 그럼 돈 많이 벌었껐구먼
나도 거기서 살다왔는데 고상 슡허게 혔어 열아홉에 장
가가 자식 낳고 논사고 밭사고 염전사고 지금은 하나두
읍서 누구슈 아버지 막내 딸이유 나이가 몇이유 쉰이유
어이구 그럼 큰 딸은 많이 늙었겠네

다 비워도 비워도 끝까지 잡고 있는 빨대같은 줄기
턱밭이에 남아 있는 흔적이 달다

웅웅 바람불던 집으로 돌아가고 싶은 것인가
몸 속 붉은 옹이들 삭은 정신 줄에 내어 건

농익은 아버지의 얼굴에
붉은 강물이 흐른다

# 불면을 클릭하다

누운 자리에 꽃이 핀다
꽃잎 하나하나 떼어 입에 넣고 오물오물 씹는다
입안이 눈이 환해진다
가끔 내 잠자리에서 헤아리던 숫자들이
몸을 일으킨다
컴을 다시 켜고 불면을 클릭한다
누군가 겪었던 증상들과 자가진단법을 읽는다
배롱나무꽃처럼 다닥다닥 매달린 증상들이
내 몸속으로 들어와 웃는다
웃음을 요리하다 손이 베이고 피가 흐른다
그 흔적들이 영화 필름처럼 지나간다
여러 장르가 한 컷 한 컷 지나갈 때마다 선명해지는
사건들
서러운 것들이 결가부좌를 틀고 앉는다
경전이었던 자리에서 피는 빈혈꽃
무심한 벽을 잡고 내려온다

밤새 진화된 대본을 삼키며
충혈된 눈이 더블클릭한다

중년의 불면은 벽에 묻은 얼룩처럼 쉽게 지워질 수
있는 것일까

# 말씀 허수아비

배추 몇 포기 심하게 자라고 있다
폐휴지 모으는 할아버지의
묵정밭 한 귀퉁이가 몽실한 구름떼다
사춘기 소녀 젖가슴처럼 봉긋한 배추를 보며
하루하루가 길다

"할아버지,
배추가 참 예쁘게 자라네요."
"허흠!
배추 도둑이 생겼어"

듬성듬성 배추 엉덩이 앉았던 자리를 바라보며
절망을 쟁여 안은 소행을 쫓고있다
고심 끝에 말씀 허수아비를 세우는 중이다
사과박스 한쪽을 찢어서

'오늘 농약 살포'

살포된 말씀이 햇빛에 마불링처럼 번진다

가을 석류처럼 활짝 터진 철조망
노끈으로 또 한번 긴 당부를 엮는다

할아버지의 팽팽한 시선에 애벌레도
한쪽으로 기고 있다

임 윤 식

충남 부여 출생
고려대학교 경영학과 졸업
격월간 『시와창작』으로 등단
한국시인협회 회원
월간 시사종합지 『오늘의 한국』 사장/편집인
lgysy@naver.com

# 가지산*

임 윤 식

숨 죽이듯 잔잔히 출렁이다가
갑자기 거대한 태풍으로 다가오는 파도
넘실거리는 큰 물결 사이로
한 무리의 고래 떼 꿈틀거린다

아, 장엄하여라
승천의 꿈을 안고
뭍으로 뭍으로 기어오르는
오체투지五體投地의 간절한 염원이여

영남알프스 가지산에 오르면
나는 온종일 고래의 등을 타고 넘으면서
고래의 숨소리를 듣고
고래의 기도를 읽으며
나도 고래가 되는 꿈을 꾼다


* 가지산(1,240m) : 경남 밀양시, 울산광역시 울주군에 걸쳐 있는 100대
  명산중 하나이다. 백두대간에서 갈라진 낙동정맥이 동해안을 끼고
  남쪽으로 내려가다 마지막 여력을 모아 빚어낸 산군을 일컬어
  영남알프스라고 하며, 영남알프스에 속하는 1,000m 이상의 8개 산
  중에서 가장 높은 산이다.

# 월악산* 영봉

거추장스러운 옷 벗어버리고
화장도 다 지워야 한다
본래의 알몸 그대로만 보여야 한다

월악 영봉 오르는 길은
나신裸身의 성지聖地를 향해 가는 수행길이다
하나 하나 허물 벗어 던지고
몸속 깊이 숨어 있던 찌꺼기까지 모두 쏟아낸다

정상이 가까워지자
드디어 드러내는 웅장한 암봉
조물주가 처음 빚은 모습 그대로
발가벗은 채 우뚝 서 있다

어느 성자聖者 한 분
지금 참선 중이다

* 월악산 : 충청북도 충주시 · 제천시 · 단양군과 경상북도 문경시에 걸쳐 있는
산이다. 주봉인 영봉靈峰의 높이는 1,094m이다. 달이 뜨면 영봉에 걸린다 하여
'월악'이라는 이름이 붙었다. 정상의 영봉은 암벽 높이만도 150m나 되며, 하늘
위에 거대한 암봉이 떠 있는 모습이다. 이 영봉을 중심으로 깎아지른 듯한
산줄기가 길게 뻗어 있다. 청송靑松과 기암괴석으로 이루어진 바위능선을 타고
영봉에 오르면 충주호의 잔잔한 물결과 산야가 한눈에 들어온다.

# 월출산*

남녘 태풍의 바다에는
갑자기 하늘로 치솟았다가
수직낙하하여 계곡으로 침몰하는
거대한 에어 쇼가 한창이다

웅성거리는 봉우리 봉우리들 사이
물보라가 허공을 찌른다
휘몰아치는 파도능선을 따라
솟아오르는 함성 함성들

월출산 천황봉에 오르면
발 아래 바다가 아득히 밟히고
무섭게 출렁이던 물결 어느새 잠잠해진다
태풍이 잠시 눈을 감는 순간이다


* 월출산月出山 : 전라남도 영암군과 강진군 사이에 있는 산이다. 1973년
 1월 29일에 도립공원으로, 1988년 6월에 국립공원으로 지정되었다.
 가장 높은 봉우리는 천황봉(809m)이고 구정봉, 사자봉, 도갑봉, 주거봉
 등 깎아지른 듯한 기암괴석들이 장관을 이루고 있어 마치 수석전시장
 같이 아름답다.

# 사량도 지리산*

물위에 떠 있는 꽃 봉오리
봉긋이 앞섶을 여민 모습이 황홀하다

사량도 지리산 옥녀봉 오르는 길
굽이굽이 몇 굽이던가
바위능선 타고 오르내리는 한 걸음 한 걸음이
가슴 조이는 설렘이다

비취빛 바다 내음에 취하고
장엄한 암릉의 거친 유혹에 흔들린다
이래 저래 만취한 나는 신들린 무당巫堂
칼날 위를 춤추며 꿈속인 듯 걸어간다


* 사량도 지리산 : 경남 통영시 사량도 윗섬이 등뼈와 같은 산이며,
  등산코스 대부분이 칼날같은 암릉으로 이루어져 있다.

# 인수봉

늘 바라만 보고
감히 넘보지 못했던 여인
오늘 그녀가 마음을 열고 나를 맞아주었다
난 벅찬 설렘으로 그녀의 심장을 향해
오르고 또 올랐다

그녀의 가슴은 뜨겁고 성스러웠다
꽃을 피우는 그 정상
절정의 봉우리에서
그저 신음할 뿐이었다

나른한 환희는 그렇게 왔다
햇쌀 출렁이고 바람 흐느끼는 땅끝에서
한마리 나비가 되어 춤을 추었다
하늘 아래 더 높은 곳은 없는 듯했다


* 삼각산 인수봉 인수B길 암벽등반 초등에서

전 외 숙

경남 진주 출생
2002년 『시와시학』으로 등단
한국시인협회 회원
영남여성문학회 회원
부산지방보훈청 총무과장 재직
jos25@hanmail.net

# 화려한 정부

전 외 숙

이 바닥에 발 담근 지 삼십 년
이 눈치 저 눈치 잔머리 굴리다가
아까운 청춘 다 퍼주고
얼쑤
용감무쌍하게 살아왔다
미친 척 착한 척 잘난 척
최선을 다했다 혼신을 다했다
이 순간이 영원하리라
잘 나가는 내 인생, 누가
태클을 걸었을까 어림없지
이판사판 해 보는 거야
고장난 기계도 수리하고
순정품은 아니더라도
부품교환도 해가며, 올인 해야지
정부미로 연명하는 주제에
주저 앉으면 끝장이거든
이골 난 그대의 정부 노릇에, 나는
지치지도 않아 게걸스럽게
혼자 먹어치울거야 몽땅

화려한 정부

내 방식대로 세상을 굴릴거야
무장무장 욕정에 배팅하다가
나가떨어지기도 하면서
길들이는 정부政府와 정부情婦
말판 한판 잘 놀아보는 거야

# 말똥 예찬

온몸에 가시 칠갑한
말똥 한 무더기
저 혼자,
경계가 삼엄한데

늙은 해녀
방파제에 걸터앉아
무심히 말똥을
노오란 성게알을 발라낸다

쓸쓸한 바닷가
일광은
하얀 쌀밥에 황금알을 비벼 먹는다
똥이 고소하다고
입안에서 살살 녹는다고
둘이 먹다 하나 죽어도 모르겠다고

앙증맞은 앙장구밥 한 그릇
맞장구 쳐

게눈 감추듯 해치우고
저 혼자 저무는 바닷가

어둠 속에서도
말똥말똥 두 눈 환히 뜨고
검푸른 바다 품어 안고
수만 마리 성게를 키울 거라
만날

화력花力


당감동 119안전센터 앞
늙은 매화나무
앙상한 가지마다
꽃망울 자작자작 매달고
매운 추위를 건넌다

드잡이바람 한떼 몰려와
뉴타운아파트 새댁들
물색 치맛자락 거푸 들쑤시는데

어느새 목련꽃 부리 하얗게 벙글어
산 너머 감천화력발전소
해종일 전력 발전중이겠다

먼 바다 뒤척이는 소리 홀로 듣는다
홀로,라는 말 허리춤
소복소복 쌓이는 침묵의 불씨
단전丹田이 뜨겁다

# 노컷

동 틀 무렵, 붉은 하늘을 물고
일제히 날아오른다
가창 오리떼
거침없는 춤사위
하늘을 뒤덮는 가창력
수천만 날개의 힘으로
허공에다, 거대한 대륙을 구축하는구나
그들만의 땅, 자유
지축을 뒤흔드는 저
환호성
저토록 일사불란한 삶이라니
심장이 터질 듯
온 몸에 소름이 돋는데
나는,
떨리는 손으로
카메라 셔터를 누른다 급히
세상을 한 번 닫았다, 열었다

# 석남사 가는 길

가지산 가지 끝에 앉아
묵상에 잠긴 부처
내 가슴에 서린 기원
귀담아 들었을까

흙 내음 향긋한 들녘에는
또 한 봄 싹트는가
새싹 틔울 채비 재촉하듯
봄 미나리가 한창이다

깊은 계곡
곧추 선 물줄기를
바람이 간지르자
폭포는 잔뜩 신명이 났네

왕대나무 솥에
오곡밥 삼계탕은
죽향竹香으로 끓고
매실향 권주가에

그대가 취하는가 조는 듯
부처가 취하는가

최 승 훈

강원도 춘천 출생

한국동시문학회 회원

2009년 겨울 결혼 10주년 기념으로 시집 『개부랄꽃』 출간

tmdgns0617@hanmail.net

# 선문답

최 승 훈

이천 년 전,
영원히 목마르지 않은 생수를 달라고 간청하던 사마
리아 여인에게
"네 남편을 불러오라." 말씀 하시던 예수님

아버지, 며칠째 고뿔로 누워 있다
퇴근길에 잠시 들렀더니 어두컴컴한 방 안
인기척에 빼꼼 초승달 눈을 뜬다
저녁 드셨느냐는 막내아들 물음에
"글쎄다 니 엄마 잠시 장 좀 보고 온다더니 아직 안
왔구나."
힘겹게 답을 주시고 다시 눈을 감는다

거친 숨을 내쉬며 귀먹고 노쇠한 예수님 이천 년 동
안 누워계신다

# 개부랄꽃

지난해 가을 산에 갔다가 두 분이서 다정히 캐 안고
오신 개불알이
올여름 붉은 자줏빛 꽃을 사정했다

어머니는 불알 꽃이 피었다며 좋아하시는데
— 무식하게 불알이 뭐노?
어머니와 며칠째 심사가 뒤틀려져 있는 아버지
— 부랄이지 할망구야
괜스레 트집을 잡는다

— 할망구?
불알이면 우짤 건데? 이 노친네야

질세라 맞받아치는 어머니를 향해 눈을 부랄이시며
— 노친네? 너, 부랄 있나?
없으면 말을 마 이 할망구야

— 하이고, 고깟 새알 갖고 불알이라고 하는거?
남사스럽다 고마 떼 버려라

- 뭐라꼬 고깟 새알? 좋다
  불알인지 부랄인지 함 따져보자


- 좋다 그 잘나신 자존심 어디까지 가나 함 보자
  윤경아 윤경아
어머니가 동생을 불러 세운다
- 국어사전 좀 갖고 온나
  불알인지 부랄인지 내 손으로 직접 까봐야 쓰것다


- 좀 전에 인터넷에서 찾아봤는데
  개불알꽃이 맞던데요


- 하이고 개뿔도 없는 것들이 이젠 서로 짜고 치는
구먼
  넌, 빠지고마


- 승훈아 승훈아
다급히 찾으시는 아버지께 나는,

부랄을 흔들며 가야 할지
불알을 쥐고 가야 할지

똥마려운 강아지처럼 무척 난감한 일이었다

# 흉작

연애시절 그녀가 내 자취방에서 하룻밤을 묵었다
불행히도 방이 둘 이었다
그날 밤,
나는 방바닥을 맨주먹으로 내리치며
방이 둘 딸린 집에서는 절대 안 살겠다고
다짐 또 다짐했다

그녀와 결혼하고
방이 셋 딸린 집을 장만했다
십 년 동안 이 방 저 방 건너다니며
아들 하나 겨우 낳았다

# 느티나무 아들

홍천군 동면 노천리
마을 최고 어르신 느티나무
새참 막걸리 몇 잔 얻어 마시고
그분의 품속에 잠시 웅크리고 누웠는데
5월의 햇살에 눈이 부셔 게슴츠레 눈을 떠보니
어미 소가 갓 태어난 제 새끼 태반을 먹어치우듯
수천 수만의 초록색 혀가 연실 날름날름
내 몸을 감싸고 있던 그늘을 말끔히 핥아먹는다
삼백 년 넘게 나를 품어왔던 저 느티나무
긴 잠에서 깨어난 나는 이만하면 느티나무 새끼다
저 한 그루 어머니처럼
내 발은 땅속 깊이 의지의 뿌리를 내려
어떠한 비바람이 몰아쳐도 쉽게 좌절하지 않으리라
내 이상은 늘 푸르게 우주로 뻗어
꿈을 잃은 사람들의 그늘이 되어 주리라
가을이 오면 외로운 사람들에게
내 잎은 힌 장 엽서기 되어 주리라
잠이 덜 깬 듯 주저리 자리를 털고 일어나
비틀 첫 걸음을 내 딛는데
움머 –

대견한 듯 제 새끼 지켜보던 어미 소의 울음 뒤로
탈탈탈
남 걱정하지 말고 네 앞가림이나 잘하라고
밭 가는 경운기 소리
아내의 잔소리처럼 귀에 못을 박는다

# 유리가게 아가씨

그녀는 유리가게 안에서 사무 일을 보고 있지요
속이 훤히 들여다보이는 큰 유리문 안에 온종일 앉아
깨진 유리창을 갈아 달라는 전화를 받기도 하고 영수
증을 끊어 주기도 하지요
가끔 그녀는 유리를 자르거나 자른 유리의 모서리를
둥글게 갈 때가 있습니다
유리를 자르다가 처음 손가락을 베이던 날 그녀는
빨간 핏방울이 목련 꽃잎처럼 뚝 뚝 떨어지는 것을
보고 그만 울고 말았습니다
오늘도 그녀는 유리를 자르다가 또 손을 베었습니다
흑장미보다 더 진한 향기가 피어오릅니다
그녀는 유리관 안에 놓인 예쁜 인형이 아니랍니다
하지만 이제 그녀는 유리에 손가락을 베어도 더는 울
지 않습니다

나는 그녀를 사랑합니다

허 소 미

전북 부안 출생
2001년 『한국시』로 등단
시집 『내 삶 부수고 나서야』 『먼 먼나무』
2010년 2월 서울디지털대학교 문예창작과 졸업
서은문학회 광주문협 한국문인협회 회원
adadda@hanmail.net

# 빈집 1

허 소 미

'레디 고!'

큐사인이라도 떨어진 양
어스름 밟고
저벅저벅 둘째 아들 발 소리
울안에 들어서면
힘아리 없이 쳐져 있던
에미 얼굴에 핏기가 돌아

그래도 밥심이지
급히 밥을 안치고, 텃밭으로 내달아 투두둑 풋고추
몇 개,
생대파 날비린내 두들기는 도마질 소리에
자글자글 된장 뚝배기 끓여 올린 그날의 밥상

그런 시절 저 혼자 텅텅 비워버리고
간신히 이승을 버티고 선 반신불수 몸뚱이 한 채
저물어가는 폐경기 여자

# 문득

까만 동굴 속
한밤중 아파트 마당에
눈 맞추는,
가로등 빛에 온몸 적시고 있는 은행나무 한 그루
잠을 잘 자야 자란다는데
주야장창 불빛에 노출이 되면
알밤처럼 머리통 굵어진다는데
온통 야단법석
붉고 노랗게 말씀의 가을 마당에도
시푸르딩딩
철들날 없을 것 같더니
매운 회초리 겨울바람이 싸다듬이로 후려쳐버렸을까
훌러덩 벗은 몸뚱아리
겨울 한복판
오래 얼어 떨고 있다

# 저 단풍


에두를 사이 없이
무턱대고 뛰어들었다
쾅!
찍혀버린 심화心火

쳇기로 엎혀 있다
우글부글
빵꽃처럼 발효하여


누렇고
피워올린
한발짝
늦은
미련 곰탱이의 뒷북

# 뫼똥* 저 둥근

산을 품고 살던 사내
복중의 태아처럼
웅얼웅얼
죽음의 씨알 굵히고 있다
한때 살 부비며 살았던 피붙이들이
비워낸 발자국
제 몸 헐어야 산보다 더 큰 산을 이룰 수 있다
하나의 엄숙한 동그라미
산이 슨 알
아직은
주검이 싱싱하여
이승을 빠져나갈 때
한가닥 옷자락 부욱
나꿔챈
별리가 서러운
마침표
저 아래가 꿈틀하다


* 뫼똥 : '묘'의 방언(경남, 전북)

# 귀뚜라미

붉은 띠 동여매고
구호를 외쳐대던
매미의 볼멘 함성
소리의 껍질을 깨고 나온
애벌레의
연하디 연한 살빛 같은
목소리
사근사근
귓속에 들어와 박히는
살가운 가을

아도동인 시집 3

## 연연戀戀

초판인쇄일 | 2010년 11월 17일
초판발행일 | 2010년 11월 30일

지은이 | 전외숙 外
펴낸곳 | 도서출판 황금필
펴낸이 | 金永馥
주  간 | 김영탁
디자인실장 | 조경숙
제작진행 | 칼라박스
주  소 | 110-510 서울시 종로구 동숭동 201-14 청기와빌라2차 104호
물류센타(직송 · 반품) | 100-272 서울시 중구 필동2가 124-6 1F
전  화 | 02)2275-9171
팩  스 | 02)2275-9172
이메일 | tibet21@hanmail.net
홈페이지 | http://goldegg21.com
등록번호(제2-4341)

ⓒ2010 아도동인 & Gold Feel Publishing Company Printed in Korea

값 9,000원

ISBN 978-89-94786-00-1-03810